tempo inteiro

PAULA PADILHA

Bem-Te-Vi

Bem-Te-Vi Produções Literárias
Av. Presidente Wilson, 231, 10º andar, Centro
Rio de Janeiro – RJ, Cep 20030 021
e-mail: bem-te-vi@bem-te-vi.net
www.editorabemtevi.com.br

Editoras responsáveis
Vivi Nabuco e Lucia Almeida Braga

Editoria executiva
Lélia Coelho Frota

Assessor especial
Fernando Pedreira

Assessoria jurídica
Manoel Nabuco

Design gráfico
Fernanda Pinto

Editoração eletrônica
Marcello Braga Machado

Comissão de Poesia da Coleção Canto do Bem-Te-Vi

Armando Freitas Filho
Lélia Coelho Frota
Lúcia Almeida Braga
Luiz Paulo Horta
Silviano Santiago

Revisão dos autores

CIP-BRASIL. CATALOGAÇÃO-NA-FONTE
SINDICATO NACIONAL DOS EDITORES DE LIVRO, RJ
P134t
Padilha, Paula, 1961-
Tempo inteiro : poemas / Paula Padilha. - Rio de Janeiro : Bem-Te-Vi, 2007.
(Canto do Bem-Te-Vi)
ISBN 978-85-88747-27-2
1. Poesia brasileira. I. Título. II. Série.

07-0218. CDD: 869.91
CDU: 821.134.3(81)-1

19.01.07 24.01.07 000205

Para meus pais
Maria Elisa e Raymundo

O porvir (desejá-lo) sumiria
num rapto. Em seu lugar,
o fio repentino do êxtase,
a luz plena de um raio.

Eucanaã Ferraz

fio

o mundo insere o seu mais íntimo
no jogo com as novas
horas

Paul Celan

inesperado

uma onda invade a cena
entorna seu caldo
na mesa
tinge o imediato de seda
mãos postas
no colo do acaso

a seguir se despede
sem levar o espanto
que fica na sala
em silêncio
olhos abertos
à espera da trama

lapso

na pegada desse momento
brota um lastro
virado pro futuro

talvez antena simplesmente
melhor fossem velas
sobre mar profundo

o discurso e as mãos

o discurso não continha verdade
ensaio em diminuto pensamento
e o instante só revelou a sua face
quando as mãos tocaram o desconcerto

pelos dedos o nó da eternidade
refez-se quando a fala era mais grave
e a memória trazida pelo tato
instaurou dois sorrisos frente a frente

efêmero

começo a entender a pressa
que insiste em me levar
para onde já estou
importa o movimento
como símbolo de estética
piruetas e arabescos
a fingirem convergência

assim seguimos juntos
o grande balé da dúvida
vivemos mais tempo
morremos mais vezes
livres de um só juízo
ao final

sempre amigos

se esse amor de raiz brotasse
flor no cascalho de idéias
e lastros, poderíamos
esbarrar no susto
no embaraço

se soubéssemos celebrar
o improvável passo
atravessar a agulha
pelo buraco
traríamos alianças
ao invés dessas luvas

(tão bem polidas)

que não tocam a foz
dos nossos desejos

transição permitida

se ainda houver faísca
em meu olhar distante
algo ficou por dizer
nesse breu de notícias

a última palavra
permanece intacta
no céu da memória
à espera da química
que transforme o beco

avenida

esse ofício do verso

entre a primeira palavra
e a insubstituível
uma avenida intermediária

rascunho impermanente
por onde escolho enveredar
meu desalinho

dentro

presente

tento conter a espessura
do momento
antes da memória
depois do desejo

instante
que por um fio
impõe-se ao movimento
perpassa o espaço
inteiro no tempo

cotidiano

na foice da noite
o vaga-lume espreita
seu próprio brilho
no meio da mata
um olhar o alcança
e capta seu ritmo
no bote preciso
a luz se apaga

ninguém dá por isso

quanto mais frágil

se teu rosto reconhecesse beleza
na palavra se recolhendo
para dar passagem ao medo
entre
o que ainda virá
e este presente implacável

teu corpo seria um oceano pacífico
e meus olhos nos teus
um tribunal sem juízo

cinema?

quando essa luz baixar
antes de olhos se fixarem
na imensa tela onde a imagem
nos desenrola para dentro

onde nada havíamos tramado

se nos deparássemos ali
sem roteiro ou argumento
a viver na carne o arrepio
da inesperada cena?

entretanto

quanto ao futuro
desconfio de sua existência
carrego o passado
à minha revelia

no presente a vida inteira
lançada

ser

vivo o mistério grudado na carne
a dimensão da liberdade
meu único continente
renovado ao primeiro jato
lançado às veias pela manhã

aceito o espanto como morada
avanço pela casa posta
como quem trilha o labirinto
e sabe que carrega a própria chave

força motora

essa tentativa do exato
mesmo que distante
a vontade de nome próprio
quando o fluxo prossegue
a rede posta ante o salto
no incompreensível

de onde vem?

vidro
ou
espelho
o que vejo
através
é
apenas o meio
ou
outro rosto
se mostra
na suspensão
da pergunta
acesa
sob a lâmina
dos olhos?

eclipse

ainda no osso a manhã
ampara um resto de insônia
expõe a textura dos olhos
por onde o espírito dissonante
não compreende
a origem da inesperada luz

uma vez na carne a manhã
conspira a favor do gesto
distende o que o breu adensou
segredo deserto pergunta
a ferida
escondida na noite aberta

descompasso

a vida na cidade aquecida
eu no luxo dessa ressaca fina
tento organizar um começo
um ritmo de vassoura varrendo

(prefiro o salto do sagüi
arisco que me olha
a jato)

ventania

te espero assim como podes
com teus medos evidentes
tua ventania sem direção
te quero com todas as dúvidas
as minhas e o tempo que voa
entre as linhas de nossas mãos
me aquieto na roda livre do dia
e cato no chão uma certeza
que me empurra ao centro da vida

quando?

a máscara rebenta
o sorriso preenche
um vestígio de memória
trazido à tona

a caneta exprime
o mais perto que pode
aquela verdade
outro momento
que a pele insiste em não revelar

intimidade

a solidão não me assusta
temos o que dizer uma à outra
nenhuma de nós conhece bem
suas margens

insone

a confusão entre sono e vigília
vara a noite feito caldo em mar grande
por trás das pálpebras o filme passa
incontornável
nem passado nem futuro
tempo suspenso que brota do pulso

frestas da noite

o silêncio reverbera
pela janela ainda acesa
dentro vozes conspiram
a derradeira possibilidade

promessas invertebradas
ocupam o espaço da dúvida

haverá amor nessas falas?

vidro

um jogo de puras
forças que se toca de joelhos,
com espanto

R.M.Rilke

vertical

sobre mim uma noite inteira
nessa sexta-feira sem bordas

lançada sem me acompanhar
não sei habitar esse tempo
a vida grande inacessível

depois a lida a linha reta
o corrimão oferecido

quando vertigem o mundo me escapa

mais tarde

talvez mais tarde saiba te explicar
o que afoito perguntas sem ouvidos
por cima dessa mesa de jantar
talvez a espera e o desconforto sejam
de fato o que podemos capturar
em meio a tantas palavras sem fio
sem lâmina capaz de descascar
padrões tão arraigados pelo tempo
em que se repetiram e repetiram
sem saber onde iriam desaguar
talvez a dúvida encontre a certeza
fagulha numa improvável esquina
e então caminharemos lado a lado
sem medo do percurso do desejo

desencontro das águas

uma palavra a mais e o rio entorna
com a força da água represada
pelo tempo em que se fez silêncio

surgem correntezas e suas cores
incompatíveis não se entregam
seguem defendendo seus matizes

necessários

admiro a força dos desinibidos
a puxar conversa
a furar a festa
mas tenho secreto carinho
pelos tímidos
sorriso de canto
olhos purgatórios

cabe a eles a incompreensão do mundo

blasé

absolutamente incompatível com a vida
esse ar completo de quem já foi ao futuro
o sorriso fixo jamais gargalhada
desconhece o imprevisto
o improvável
o sexo

incompatível também com a morte
(motor subterrâneo de cada gesto)
nele um rio silencioso
sob a pele sem espantos

outra harmonia

jamais pisei tão firme no exíguo
fio de prata estendido
sobre a natureza

uma harmonia paralela
organiza o ritmo do passo
em busca do atalho fresco

primeira vibração
entre murmúrio e desejo

atrás do pensamento

onde a esfera ferve a falência
da palavra
emerge intacta uma faísca

quero completa no corpo
nu
essa luz a me fixar em movimento

além de amigos

a surpresa escorre
pelas veias frescas
a porta de chumbo
cravada no fundo
ruiu
naquela manhã
assustada e clara
abriu-se um caminho

– horizonte e eixo –
que me locomove

Índice

vidro

agradecimentos

aos queridos amigos e poetas:

armando freitas filho, pela leitura atenta, pela presença, e pela força desde o início

lígia dabul, pela leitura minuciosa, por estar tão perto, e pelas sugestões fundamentais

helena ortiz, pelos retoques finais

caio meira, pela crítica firme e carinhosa.

aos queridos professores eduardo jardim e katia muricy por me apontarem o atalho entre filosofia e poesia.

Paula Padilha é carioca, publicou em 2001 *olhar descalço*, seu primeiro livro de poemas, pela Editora da Palavra. Tem poemas publicados em jornais e revistas do ramo.
Atualmente cursa filosofia, na PUC-RJ.

ppgpadilha@terra.com.br

Este livro, décimo da coleção Canto do Bem-Te-Vi, foi impresso em abril de 2007 para a Bem-Te-Vi Produções Literárias Ltda. em papel pólen soft de 80 gramas, com tiragem de 1000 exemplares pela Imprinta Express Ltda. Rio de Janeiro, RJ